CÓDIGO DE COLOR - (Edad sugerida)

Serie **Azul** (A): Pequeños lectores
Serie **Naranja** (N): A partir de 7 años
Serie **Magenta** (M): A partir de 9 años
Serie **Verde** (V): A partir de 11 años
Serie **Negra** (NE): Jóvenes lectores

CÓDIGO VISUAL DE GÉNERO

Sentimientos	. . .
Naturaleza	
Humor	
Aventuras	~ ~ ~
Ciencia-ficción	
Cuentos de América	
Cuentos del mundo	
Cuentos fantásticos	• • • • • •

COLECCION

PAN · FLAUTA

Dirigida por
Canela
(Gigliola Zecchin de Duhalde)

Diseño original: Helena Homs

3er. premio por Diseño Editorial
Círculo de Creativos Argentinos 1993

Compaginación y armado: María L. de Chimondeguy

Impreso en la Argentina.

Queda hecho el depósito
que previene la ley 11.723.
© 2001, Editorial Sudamericana S.A.®
Humberto Iº 531, Buenos Aires.

www.edsudamericana.com.ar

ISBN 950-07-1936-3.

EL MONUMENTO ENCANTADO

Silvia Schujer

Ilustraciones: Marcelo Elizalde

LA AUTORA

Silvia Schujer nació en Buenos Aires en diciembre de 1956.

Empezó escribiendo poesía y componiendo canciones.

Con su primer libro, *Cuentos y chinventos*, ganó el Premio Casa de las Américas en 1986.

Publicó, entre otros, *Historias de un primer fin de semana* (Mención Premio Nacional de Literatura), *Oliverio Juntapreguntas* y *Palabras para jugar* (de la serie Juegos con Palabras), ambos Lista de Honor ALIJA 1992, *La abuela electrónica*, Tercer Premio Nacional de Literatura y Lista de Honor IBBY Internacional.

EL ILUSTRADOR

Marcelo Elizalde nació en Buenos Aires en 1953. Ilustra casi exclusivamente para chicos en las más importantes editoriales de la Argentina. También publicó en España y países de Iberoamérica. Ha utilizado las más variadas técnicas y materiales, y ahora, con su computadora, explora todas las posibilidades de la imagen digital, la animación e Internet. Es colaborador permanente en la reconocida revista *Billiken* y ha ilustrado innumerables libros. En esta editorial, la serie Juegos con Palabras, *Cuentos de Vendavalia*, *Puro huesos*, *Barco pirata*, *Y ahora traeme...* y *¡Al agua, Patatús!*

EL MONUMENTO
ENCANTADO

Era verano.

Cuando llegaron a la plaza las máximas autoridades con una corona de flores para rendir homenaje al "luchador incansable", se encontraron con que el monumento ya estaba así: encantado (encantado de estar como estaba).

–¡Oh no! –dijo el primero de la comitiva señalando el monumento con su dedo índice. Y con mirada inteligente y febril ensayó esta importante declaración: "¡Qué barbaridad!".

Los ojos de sus acompañantes

apuntaron hacia el lugar señalado por el dedo, y las bocas se abrieron sorprendidas al comprobar que:

de la punta de la espada del luchador incansable colgaba un toallón, a lunares;
su cabeza estaba coronada por un sombrero de paja;
las orejas, tapadas por los auriculares de un walkman;
y su mano de agarrar la rienda sostenía también un tubo de bronceador.

Al observar además que:

las patas delanteras del caballo (del caballo del monumento al luchador incansable) tenían ojotas en vez de herraduras y en el lugar de la montura, un flotador.

Horrorizadas, las máximas autoridades depositaron la corona donde estaba previsto. Pero decidieron de inmediato tomar cartas en el asunto (cartas de truco).

Primero, entonaron el himno.
Enojadísimos.
Después, uno leyó un discurso.
Aburridísimo.

Y por último, llamaron al guardián de la plaza para que diera explicaciones y el muy bribón se fue al mazo.

En menos de una hora las cámaras de televisión se hicieron presentes en el lugar de los hechos y empezaron a registrar estas imágenes:
1) alrededor del monumento encantado (encantado de conocerlos y de salir en televisión) se hacía un

cordón de policías y bomberos que impedían el acceso al luchador incansable montado sobre su caballo;

2) las hamacas, toboganes y trapecios de la plaza estaban totalmente vacíos mientras que chicos y grandes se amontonaban a ver;

3) conforme se acercaba el mediodía, el calor empezaba a volverse insoportable y la fuente del parque apenas tiraba agua para mojar las cabezas de los más chiquitos.

Fue entonces cuando las máximas autoridades decidieron retirarse. Porque, dijo un representante, "más vale huir derrotados pero con la corbata puesta, que frescos pero en musculosa".

Y fue a partir de ese momento que las horas empezaron a transcurrir sin mayores novedades.

Los periodistas y camarógrafos se tiraron a esperar los acontecimientos en el pasto.

Los curiosos se acomodaron arriba y abajo de los árboles.

El guardián de la plaza se fue a dormir.

Y los policías del cordón, de uno en uno, empezaron a abanicarse con las gorras.

Hasta que llegó el turno de los bomberos.

Conocedores del fuego como sólo ellos lo eran, sintieron que sus mejillas

ardían y respondieron a la alarma.

Desenrollaron las mangueras de las autobombas. Estiraron las escaleras todo lo que fue posible. Subieron con las mangueras hasta lo más alto y apuntaron con valor hacia el cielo, dispuestos a apagar el sol.

Un diluvio de agua fresca empezó a caer sobre la plaza inundando la calesita, llenando los baldes, dejando la arena lisa y lista para hacer castillos, provocando una catarata desde el tobogán y salpicando al monumento encantado (encantado de pegarse semejante baño).

Ahí fue cuando las cámaras de televisión volvieron a encenderse y registraron las siguientes imágenes:

1) los bomberos cumpliendo con el deber;

2) los policías llenando sus gorras con agua;

3) los curiosos practicando natación en los charcos;

4) el guardián de la plaza rascándose la cabeza;

5) el luchador incansable riéndose a carcajadas a punto de resbalarse del caballo.

Las cosas siguieron así un buen rato. Hasta que se hizo de noche y, muertos de cansancio, cada cual volvió a su casa.

La plaza quedó hecha un desierto. Completamente vacía.

Vacía y oscura porque las máximas autoridades decidieron no encender los farolitos en señal de castigo por el jolgorio.

El monumento encantado (encantado de que las luces estuvieran apagadas para que no se llenara de bichos) se aflojó un poco de tantas tensiones.

Dio una palmadita a su caballo, le desató el rodete que tenía en la cola y cerró los ojos para dormir. Y es que, aunque cueste creerlo, hasta el luchador más incansable cada tanto necesita vacaciones.

VILLA
MONGOPIRULO

Empezó siendo un barrio a medida. Los lunes se llamaba Villa Luna, los martes Villa Marte, los miércoles Villa Mercurio, los jueves Villa Júpiter, los viernes Villa Venus, los sábados Villa Saturno y los domingos Villa Domínico.

A la entrada, un arco natural formado por el abrazo de dos ramas, las de dos árboles paralelos, hacía las veces de gran puerta vecinal. Allí había un buzón donde dejar las cartas, una campana que sonaba cuando alguien tenía que entrar o salir de la villa y una enorme pizarra orientada hacia adentro que decía *Bienvenidos a* Villa Luna, si era lunes, Villa Marte si era martes... etc.

El pizarrón con el nombre del pueblo sólo tenía grabadas en pintura las letras de *Bienvenidos a*. El resto lo escribía con tiza, cada mañana, el vecino que se despertaba más temprano. Así nomás: un vecino se despertaba, se asomaba a la puerta, comprobaba que todos los demás estuvieran durmiendo y entonces iba a la pizarra de la entrada. Trepado a una escalera, borraba el nombre que había tenido la villa la jornada anterior y, con una tiza, escribía en letra grande y clara el nombre que le tocaba según ese día. ¿Era jueves? Pues bien. Escribía Villa Júpiter. Y punto.

La organización en la villa era de lo más rigurosa, como se ve. Pero

muy eficaz, porque con sólo enterarse de cómo se llamaba, cualquier vecino podía saber –sin temor a equivocarse– en qué día de la semana andaba viviendo y a qué menesteres atenerse.

Cuestión que los lunes, en Villa Luna, los hombres sólo podían llamarse Luises, Lucas, Leandros o Lucianos, y las mujeres, Lauras, Leonores, Lucrecias, Laras y Ludmilas.

¿Querían leer? En Villa Luna podían. ¿Lavar, limpiar, lamentarse? También.

En Villa Marte, a la hora de comer los vecinos merendaban. Y no cualquier cosa.

Sólo margarina, mariscos, macarrones, mostaza, manteca, milanesas, morrones, mejillones, morcillas, mondongo, minestrón, masitas y merengues.

En Villa Mercurio mandaban las

mujeres. Muchas Mirtas y Mercedes, que así se podían llamar.

Los varones eran venerados en Villa Venus. Sobre todo eran Vicentes. Y, al igual que los Victorios o las Vivianas, tenían permitido vaciar vasijas de vino o vasitos de vermouth.

Villa Júpiter era el lugar ideal para los jovencitos. Entonces se llamaban Jorges, Javieres, Jerónimos o Jaimes y junto con Julietas, Jimenas o Jazmines tenían como actividad obligatoria jugar. Jorobar también. ¿Divertirse con el dominó? ¿Demostrar destrezas deportivas? No, eso no era posible porque ciertas cosas sólo estaban permitidas en Villa Domínico. Como ir al dentista, por ejemplo.

Viéndola de afuera para adentro, la vida en este barrio podía parecer agobiante, llena de impedimentos. Lo era, sin duda, pero los vecinos

no lo sentían así. O no se daban cuenta. Estaban tan acostumbrados a esa férrea organización que jamás hubieran imaginado salir de ella. Al menos, cuando todavía no habían salido nunca.

Un día, sin embargo, ocurrió lo inimaginado. Lo que dio origen al cambio. Lo que podría haberse llamado el principio del fin pero resultó ser el fin de tantos principios, que no es lo mismo pero también es algo.

Pasó que un vecino, completamente sonámbulo, salió de la casa soñando que era la mañana (era la mañana) y así nomás: frito, en piyama, descalzo y con los brazos para adelante como un dibujo animado, se fue derecho al pizarrón de la entrada a cambiar el nombre del barrio. Con absoluta precisión dio los primeros pasos que había que dar para cumplir con la tarea. Sólo que al estar dormido borró el nombre que había tenido la villa en la jornada anterior y, tras despertarse de golpe como suele ocurrirles a los sonámbulos, no supo por qué estaba donde estaba y mucho menos cómo seguir. Es decir, qué escribir. Es decir qué nombre ponerle a la villa ese día. Es decir en qué lugar estaba viviendo, quién era y qué tenía que hacer en el futuro. En síntesis: una catástrofe.

Desesperado primero y desesperado después, el vecino de la villa borrada tomó la firme decisión de no dejarse vencer por el contratiempo y, con bastante seguridad aunque con un poco de vergüenza, agarró una tiza y escribió bajo las letras de *Bienvenidos a*: Villa Nomeacuerdo Nada.

En Villa Nomeacuerdo Nada, el día arrancó con problemas.

Con vecinos que, apenas se despertaron, vieron en la pizarra de la entrada el nombre de un barrio que no conocían o más bien un nombre desconocido del barrio.

A falta de rumbo empezaron a divagar por las veredas. A hablar solos. A preguntarse qué hacer, qué

comer, cómo llamarse y a qué jugar en esa villa que no les daba ninguna indicación acerca de dónde estaban, qué día era y cómo tenían que vivir. Y así anduvieron: perdidos. Trastornados. Olvidándoselo todo, todo el tiempo. Tratando de pensar alguna cosa que les sirviera para ponerse de acuerdo entre los vecinos y obligarse a actuar de una misma manera.

Hasta que llegó la noche y, con la noche, cierta calma. Cierta. Porque algo pasó mientras todos dormían ya que al día siguiente la historia volvió a modificarse.

¡Y cómo!

La pizarra de la entrada apareció con una inscripción que decía *Bienvenidos a Villa Golosa*, con lo cual los

vecinos (villagolosinos de repente) interpretaron que debían llamarse Gladys, Gracielas, Gustavos y Gerardos y comer solamente golosinas. Cosa que hicieron gratamente y gustosos. Grosera y graciosamente hasta la noche, hasta el preciso momento en que se fueron a dormir.

Y ya ninguna sorpresa produjo a nadie que, a la mañana siguiente, en la pizarra dijera otra cosa. Algo tan extraordinario como Bienvenidos a Villa Romance, con lo cual todos los habitantes de esa villa interpretaron que era un día perfecto para darse besos, decir *teamos*, casar-

se y regalar flores. Por lo menos hasta nuevo aviso. Hasta que el barrio amaneciera llamándose de otro modo. Como Villa Cualquiera, por ejemplo. Día en que cada uno fue el que quiso y decidió hacer lo que se le diera la realísima gana. O Villa Fañe, sin ir más lejos. Día en que todos los vecinos celebraron la Fiesta Nacional del Títere. O Villa Pañuelo, o Villa Tortuga o Villa Paisaje, o Villa Meduelelalma, día en que unos recordaron que tenían que ir al médico, otros imaginaron que en alguna casa del barrio había alguien sufriendo y otros tantos se pusieron muy tristes.

Pasó incluso, una mañana, que en la pizarra de la entrada apareció una inscripción que decía *Bienvenidos a Villa Luna*. Con lo cual todos interpretaron –no sin temor porque ya se habían acostumbrado a otra cosa– que la vieja historia de la villa

volvía a empezar. Pero no. Un vecino se apuró a decir que le había salido un lunar. Otro, que era poeta.
Otro, astronauta. Y todos, absoluta-
mente todos, desayunaron café con
leche con medialunas hasta que un
nuevo nombre en la villa les trajo
otra idea.

La cuestión es que, desde entonces, el barrio de esta historia se llama como se le ocurre al vecino que
primero se despierta. Al que llega
más temprano a la pizarra.

Y el nombre que le pone a la villa
no sirve para saber en qué día de la
semana se vive sino qué cosas les
pasan a los vecinos, cómo está el cli-
ma o qué se podría hacer de bueno
si uno tuviera ganas.

Los de afuera, los de otras locali-
dades, creen que el barrio no tiene
nombre. Saben que existe, pero jamás podrían decir cómo se llama

porque cambia día a día y eso confunde a cualquiera. Para referirse a él, le dicen Villa Mongopirulo. Y está bien, porque ahí la gente, los vecinos, grandes, chicos medianos y/o chicatos, *pirulean* a su antojo.

LA AVENIDA
DE LOS CISNES

¿Saben qué es lo que dividía a éste, del otro lado de la ciudad? Una avenida.

Podrán decirme que una avenida no es suficiente para dividir nada. Que un río, vaya y pase. O una cadena de montañas...

Pero así eran las cosas. En esta ciudad se alzaban dos orillas pobladas de edificios, entre las cuales corría una avenida repleta de autos. Autos que pasaban a toda velocidad, todos los días y a todas las horas.

Cruzarla era una aventura tan

arriesgada que muchos abandona-
ban en el intento.

Sin ir más lejos, los chicos que debían atravesarla para ir al colegio,
casi siempre llegaban a la hora de
salida. Cargaban chalecos, paragol-
pes, cascos, una ración doble de ga-
lletitas y una cantimplora con jugo
para calmar los nervios de tamaña
expedición.

Para matizar las esperas, en las es-
quinas donde había que estar tanto
tiempo hasta poder cruzar, los vecinos habían instalado bancos de plaza, algunas camas, kiosquitos donde
se surtía de agua caliente a los que
llevaban termo para cebarse unos
mates y carpas transparentes donde
refugiarse del frío y la lluvia en in-
vierno, o donde escuchar las historias que los abuelos aprovechaban
para contar, sobre todo en las esperas del verano.

Ésta era la situación.

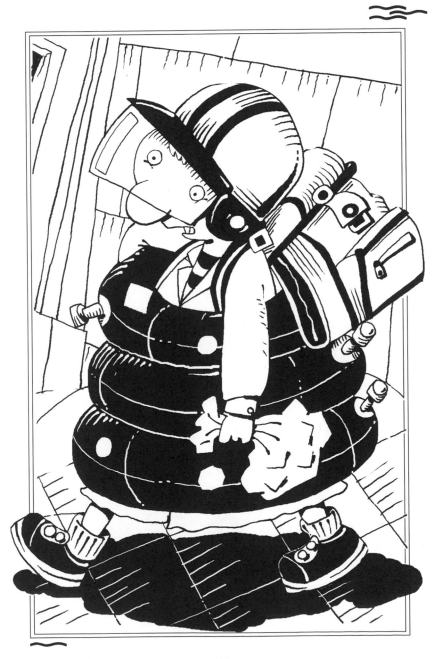

45

Día tras día, la gente pedía a las autoridades que resolvieran el problema. Que construyeran un puente. Un túnel. En fin. Que pusieran un semáforo. La cuestión es que el tiempo pasaba y ni noticias de alguna solución.

Como se sabe y siempre sucede, lo que a la gente no le resuelven, un día la gente lo resuelve por su cuenta.

Así fue como los vecinos de la ciudad se reunieron y después de lar-

gas conversaciones llegaron a un acuerdo.

Convocaron a todos los bailarines que quisieron participar de la idea y a todos los músicos que se sumaron para acompañarlos.

A la hora señalada para el primer turno del día, empezó la función.

La orquesta tocó los primeros compases de una música de Tchaicovski. Ubicada a ambos lados de la calle, causó una sorpresa tan agradable a los oídos de los automovilis-

tas que, de entrada nomás, les hizo bajar la velocidad.

En ese preciso momento, aprovecharon los bailarines. Interpretando *El lago de los cisnes* en el medio de la avenida, interrumpieron el tránsito como por arte de magia.

La gente que tenía que cruzarla, lo hizo tranquilamente en aquella ocasión.

Por su parte, los automovilistas quedaron detenidos de la siguiente manera: los de las primeras filas, disfrutando el espectáculo desde adentro del auto; los de un poco más atrás, parados a un costado del coche con la puerta abierta para apoyarse mejor. Los siguientes, sentados y los últimos parados, pero todos arriba de los techos.

Al compás de *El lago de los cisnes*, la avenida que hasta entonces había dividido a la ciudad se convirtió en un punto de encuentro y permitió que,

por lo menos tres veces al día, los pea-
tones se pudieran desplazar de éste
hasta el otro lado sin dificultades.

Y esto fue así para siempre, porque cuando las funciones de danza llegaron a su fin, los conductores se siguieron deteniendo en los mismos horarios. Por costumbre. Porque aprendieron. O simplemente porque les gustó usar esos ratitos para pararse y tener algo que mirar.

SOBRE NOMBRES

Las cosas andaban muy mal.

Porque Ana decía que su nombre era muy corto. Y, para colmo, capicúa.

Y Ángel vivía furioso pensando que con ese apelativo sólo podía ser bueno, lo que para toda una vida era mucho.

Y Domingo estaba harto de que en todas partes su nombre apareciera escrito en rojo.

Y Soledad opinaba que su falta de amigos era culpa de llamarse así.

Y Bárbara, la pobre, era tan tímida que cuando decía "soy Bárbara", ni su mamá le creía.

Y Maximiliano Federico estaba enamorado de Enriqueta Jorgelina, pero tardaba tanto en hacer un corazón con los dos nombres que abandonaba en el intento mucho antes de empezar.

Y Rosa ya no soportaba que la llamaran Clavel. Tanto peor para Jacinto Floreal, a quien los graciosos llamaban Nomeolvides. O Jazmín.

Elsa ya se había acostumbrado a ser Elsa-po. Pero Elena no quería que la llamen Elena-no.

Las cosas andaban muy mal. Nadie en el barrio estaba conforme con el nombre que le había tocado en suerte y, quien más quien menos, la mayoría se lo quería cambiar por otro.

El Intendente abrió un gran libro de quejas para que los vecinos ex-

plicaran su problema por escrito.

Se supo así del sufrimiento de Tomás, a quien todos preguntaban "¿Qué Tomás?". Se aclararon las rabietas de Remedios, a quien todos conocían por Dolores. Hubo noticias de las penurias de una tía Angustias. En fin...

Irineo Hermenegildo Pérez, poeta, hombre de luces, pensó en el problema como cuarenta y ocho minutos seguidos hasta que de pronto tuvo una idea.

Reunió cientos de vecinos disconformes en la plaza y les propuso entrevistarse públicamente con cada uno.

—A ver, Ana —empezó diciéndole a la chica—. ¿Qué nombre querrías tener?

—Zulema —le dijo ella.

—¿Zulema? ¿Cara de flan con crema?

—Bueno... mejor sería María.

—¿María? ¿La de la barriga fría?

—¡Espere!... Prefiero llamarme Romina.

–¡Romina! ¡¡¡Cachetes de manda-
rina!!!

–¡Basta! –dijo la nena y volvió a
mezclarse con los demás.

Porque la gente que se había reu-
nido en la plaza, primero empezó a
reírse con disimulo, pero al rato las
carcajadas se escuchaban hasta el
Obelisco.

Eso sí. Con lo que habían presen-
ciado, decidieron quedarse con el
nombre que tenían. Nunca les pareció más hermoso.

ÍNDICE

DE LA AUTORA

Los cuentos de este libro tienen algo en común. A que ya lo descubrieron... ¿No? Bueno, entonces se los digo: que todos transcurren en un barrio y que el personaje principal nunca es una persona sino un conjunto: los vecinos.

Siempre me pareció que cada barrio es un mundo y que quienes comparten una calle, un saludo, una plaza, un árbol, una vereda, a veces un corte de luz o la falta de un semáforo también pueden compartir la alegría de solucionar un problema entre todos.

Quizá por eso me salieron estos cuentos. O quizá porque me gusta mucho el lugar en el que vivo y la gente que me rodea. No sé. Al fin de cuentas uno nunca termina de saber por qué escribe lo que escribe.

Silvia

DEL ILUSTRADOR

A la vuelta de mi estudio hay una plaza que no tiene ningún monumento, pero que hasta hace poco sí lo tuvo. Mis vecinos creen que soy el único responsable de esa ausencia.

Pasó que cuando empecé a ilustrar este libro, fui hasta la plaza para copiarme del monumento al Héroe de Bronce y, de paso, saludar con la mano a mi novia, que vive enfrente. Como no podía cargar con mi computadora Macintosh –y mucho menos enchufarla en la plaza–, llevé unos lápices 2B y mi block de bocetos, una goma de borrar y un alfajor.

Me dio mucho trabajo dibujarlo, especialmente la cola del caballo -que tenía unos rulos imposibles-, y cuando terminé, casi de noche, saludé a mi novia con la mano, le di una palmadita al Héroe y le dije, al estilo Schujer:

–Muchas gracias, Capitán. Ya puede tomarse unas vacaciones.

¡Y el Capitán se las tomó!

M Elizalde

COLECCIÓN PAN FLAUTA - TÍTULOS PUBLICADOS

1. Marisa que borra, *Canela* (N)
2. La batalla entre los elefantes y los cocodrilos, *Ana María Shua* (M)
3. Los imposibles, *Ema Wolf* (V)
4. Cuentos de Vendavalia, *Carlos Gardini* (M)
5. Expedición al Amazonas, *Ana María Shua* (N)
6. El mar preferido de los piratas, *Ricardo Mariño* (V)
7. Prohibido el elefante, *Gustavo Roldán* (M)
8. Más chiquito que una arveja, más grande que una ballena, *Graciela Montes* (A)
9. Oliverio Juntapreguntas, *Silvia Schujer* (V)
10. La gallina de los huevos duros, *Horacio Clemente* (M)
11. Cosquillas en el ombligo, *Graciela Cabal* (A)
12. El hombrecito del azulejo, *Manuel Mujica Lainez* (V)
13. El cuento de las mentiras, *Juan Moreno* (M)
14. El viaje de un cuis muy gris, *Perla Suez* (A)
15. El hombre que debía adivinarle la edad al diablo, *Javier Villafañe* (M)
16. Algunos sucesos de la vida y obra del mago Juan Chin Pérez, *David Wapner* (V)
17. Estrafalario, *Sandra Filippi* (M)
18. Boca de sapo, *Canela* (V)
19. La puerta para salir del mundo, *Ana María Shua* (M)
20. ¿Quién pidió un vaso de agua?, *Jorge Accame* (A)
21. El anillo encantado, *María Teresa Andruetto* (NE)
22. El jaguar, *Jorge Accame* (NE)
23. A filmar canguros míos, *Ema Wolf* (V)
24. Un tigre de papel, *Sergio Kern* (N)
25. La guerra de los panes, *Graciela Montes* (N)
26. Puro huesos, *Silvia Schujer* (V)
27. Cartas a un gnomo, *Margarita Mainé* (N)
28. Los dragones y otros cuentos, *Graciela Pérez Aguilar* (recopiladora) (NE)
29. El conejo de felpa, *Margery Williams* (N)
30. De unicornios e hipogrifos, *Sandra Siemens* (M)
31. Historieta de amor, *Graciela Beatriz Cabal* (M)
32. El árbol de los flecos, *Perla Suez* (NE)
33. Panadero en la ciudad, *Márgara Averbach* (A)

34. El carnaval de los sapos, *Gustavo Roldán* (M)

35. Barco pirata, *Canela* (A)

36. Cuentos ridículos, *Ricardo Mariño* (M)

37. Pahicaplapa, *Esteban Valentino* (M)

38. Ani salva a la perra Laika, *Ana María Shua* (M)

39. Jacinto, *Graciela Beatriz Cabal* (A)

40. Huellas en la arena, *María Teresa Andruetto* (NE)

41. La piedra que se quería rascar, *Franz Hohler* (M)

42. La aldovranda en el mercado, *Ema Wolf* (V)

43. La silla de la izquierda, *Sandra Siemens* (NE)

44. El viaje, *Héctor Tizón* (V)

45. El peludorrinco, *Graciela Pérez Aguilar* (M)

46. Solo y su sombra, *Márgara Averbach* (V)

47. ¡Al agua, Patatús!, *Gabriela Keselman* (A)

48. El dramático caso de las señoras iguales, *Beatriz Ferro* (V)

49. Batata, *Graciela Beatriz Cabal* (N)

50. La escondida, *Luis Salinas* (M)

51. Yeca, el Tatú, *Ana María Machado* (A)

52. La Señora Planchita, *Graciela Beatriz Cabal* (V)

53. El desafío, *Bigongiari, Tussié, Clivaggio, Valentino, Romanutti, Guimil* (NE)

54. El enigma del barquero, *Laura Devetach* (V)

55. ¡Ajjj...!, *Sandra Filippi* (A)

56. Cartas de amor, *Jorge Accame* (V)

57. Los exploradores, *Márgara Averbach* (M)

58. El caballo alado, *Margarita Mainé* (M)

59. Animal de patas largas, *Gustavo Roldán* (N)

Esta edición de 5.000 ejemplares
se terminó de imprimir en
Kalifón S. A.,
Humboldt 66, Ramos Mejía, Bs. As.,
en el mes de diciembre de 2000.